Dramaturgische Preißfragen

Friedrich Schiller

Der Freiherr von Dalberg zu Mannheim, der, wie dem Publikum längst schon bekannt seyn wird, durch anhaltenden Enthusiasmus für die dramatische Kunst, und eine tiefe Theaterkenntniß dem verworrenen Chaos seiner deutschen Bühne die schöne Gestalt einer akademischen Stiftung gegeben, und den mechanischen Künstler zum Denker gebildet hat – ist vor einigen Jahren auf den vortreflichen Gedanken gerathen, die besten Köpfe der Mannheimer Nationalbühne durch aufgeworfene Preißfragen über die Philosophie ihrer Kunst zu beschäftigen, und ihnen auf diese Weise Rechenschaft über ihr Studium und Spiel abzufodern. Sieben solche Fragen sind im Jahr 1784 von den Herren Schauspielern Beil, Bek, Ifland, Meier und Rennschüb schon beantwortet worden, und der Preiß wurde vom Freihrn. v. Dalberg, mit Zuziehung einiger auswärtigen berühmten dramatischen Schriftsteller, und der kurpfälzischen deutschen Gesellschaft für Herrn*Bek* entschieden. Er bestand in einer goldenen Denkmünze von zwölf Dukaten.

Die Fragen selbst waren folgende:

Was ist Natur, und wie weit sind ihre Gränzen auf der Bühne?

Was ist der Unterschied zwischen Kunst und Laune?

Welches ist der wahre Anstand auf der Bühne, und wodurch erlangt ihn der Schauspieler?

Können französische Trauerspiele auf den deutschen Bühnen gefallen? Und wie müßen sie vorgestellt werden, wenn sie allgemeinen Beifall erhalten sollen?

Ist Händeklatschen oder allgemeine Stille der schmeichelhafteste Beifall für den Schauspieler?

Giebts allgemein sichre Regeln, nach welchen der Schauspieler Pausen machen soll?

Was ist Nationalschaubühne im eigentlichsten Verstande? Wodurch kann ein Theater Nationalschaubühne werden? Und giebt es wirklich schon ein deutsches Theater, welches Nationalbühne genannt zu werden verdient?

Im Jahr 1785 wurde das angefangene Werk auf folgende Art fortgesezt.

Freiherr von Dalberg an den Ausschuß der Mannheimer Bühne.

1) Die bisher zum Theil so fürtreflich ausgefallenen Beantwortungen der aufgestellten dramatischen Fragen, wodurch sich die hiesige Ausschußeinrichtung vor allen ähnlichen Stiftungen auszeichnet, erfordern nun, daß sie meine Herren mit neu angestrengten Kräften meine Absicht unterstüzen, eine Absicht, welche auf Bildung des guten Geschmacks für die Schauspielkunst überhaupt, und insbesondere auf die bessere Einrichtungen aller deutschen Bühnen gerichtet ist.

2) Ich stelle zu diesem Ende sechs neue Fragen auf, alle wichtig, alle ihres Nachdenkens würdig. Sie seyen der Gegenstand ihres Forschens und ihres Fleises dieß Jahr hindurch.

3) Sie können diese Fragen nach Muse bearbeiten ohne vorgeschriebene Ordnung, welche zuerst, und welche zulezt beantwortet werden soll.

4) So wie von ihnen eine oder die andere Frage gründlich wird beantwortet seyn, so bringen sie dieselbe in die nächste Ausschußversammlung zum Vortrag.

5) Längstens bis Ostern 1786 muß die ganze Arbeit vollendet, und in denen Ausschußversammlungen bereits vorgelesen worden seyn.

6) Den 1sten des Monats May 1786 wird denen besten Schriften eine erhöhte Preißmedaille von 20 Dukaten zuerkannt, und ihrem Verfasser an diesem Tag zum Geschenk eingehändigt.

Der erste Ausschuß besorgt sogleich die Bekanntmachung dieses ertheilten Preises in allen Journalen.

Die Fragen sind folgende:

1ste Frage.

„Wodurch verdient ein deutsches Publikum im Allgemeinen, und besonders in Rücksicht auf den Schauspieler, das beste Publikum zu heißen?“

2te Frage.

„Kann der Schauspieler, sowohl als eine Theaterdirektion dem falschen Geschmack eines Publikums wahre Richtung geben, und durch welche Gattung Schauspiele wird der gute Geschmack am meisten verfeinert?“

3te Frage.

„Gewinnt oder verliert der gute Schauspieler, den man im Tragischen und in Karakterrollen mit Beifall zu sehen gewöhnt ist, dadurch, wenn er sich öfters abwechselnd in komischen Rollen zeigt?“

4te Frage.

„Wodurch unterscheidet sich das wahre komische Spiel von Karrikatur? und was muß der Schauspieler [198] thun, um im komischen Fach nie die Grenze zu überschreiten?"

5te Frage.

„Allgemeine und besondere Betrachtungen, Anmerkungen, Erfahrungen, Zusäze und Prüfungen über das neue Werk der Mimik von Engel?"

6te Frage.

„Läßt sich für alle Bühnen Deutschlands ein allgemeines festes Gesezbuch machen; wie müßte solches eingerichtet werden, und welche sind die Mittel, demselben Kraft und Gewicht zu geben?"

Veranlassung dieser Frage.

Verschiedene gute Köpfe, die sich um das Wohl unsers Theaters annehmen, und die mancherlei Unordnungen, welche noch auf denen meisten Bühnen herrschen, einsehen, haben schon öfters den Wunsch zu einem solchen Gesezbuch gegen mich geäusert, noch neulich that Hr. Großmann gelegenheitlich der Wallensteinischen Geschichte diesen nemlichen Wunsch in einem Brief, und foderte mich zu dieser Arbeit gemeinschaftlich auf. Es ist auch mein Plan, daran zu arbeiten; zugleich erwarte ich als eine Beantwortung der 6ten Frage, Skizzen, Gedanken und Meinungen von ihnen darüber.

Die bemerkten Hauptfehler und Gebrechen aller Bühnen können der Leitfaden dazu seyn. Vielleicht lassen sich wichtige Vorschläge durchsezen.

Sollte diese Vorstellung des Frhrrn. von Dalberg an die Mannheimer Bühne nicht eine Aufforderung für alle übrigen Deutschlands werden? Die Preißfragen und ihre Beantwortungen schränken sich nicht blos auf *jene* eine. Um diesen Preiß kann jeder denkende Schauspieler kämpfen.